LE

# CALVAIRE ET LE THABOR

DE

# LA PAPAUTÉ

POÈME DITHYRAMBIQUE

PAR

## M<sup>me</sup> BERNARD DE B***

AUTEUR DE PLUSIEURS AUTRES POÉSIES RELIGIEUSES.

Prix : 1 franc 25 centimes.

PARIS,
LETHIELLEUX, Libraire,
Rue Bonaparte, 60.

TOURNAY,
H. CASTERMAN, Libraire,
Rue aux Arts, 11.

MONTPELLIER,
Félix SÉGUIN, Libraire, rue Argenterie, 25.

1861

# LE CALVAIRE ET LE THABOR

## DE LA

# PAPAUTÉ

## POÈME DITHYRAMBIQUE

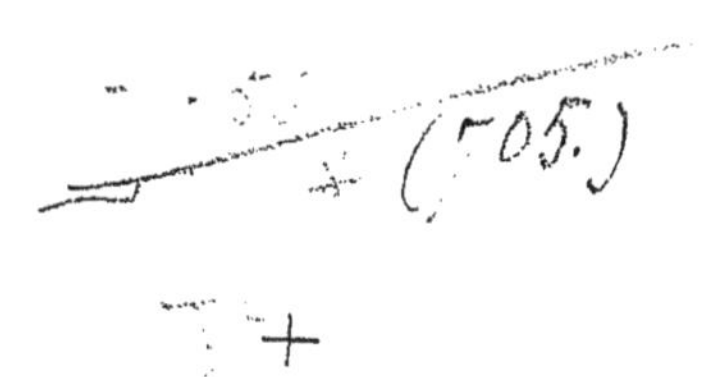

Nimes. — Typographie SOUSTELLE, boulevart Saint-Antoine, 9.

# LE
# CALVAIRE ET LE THABOR

DE

# LA PAPAUTÉ

POÈME DITHYRAMBIQUE

PAR

## M<sup>me</sup> BERNARD DE B***

AUTEUR DE PLUSIEURS AUTRES POÉSIES RELIGIEUSES.

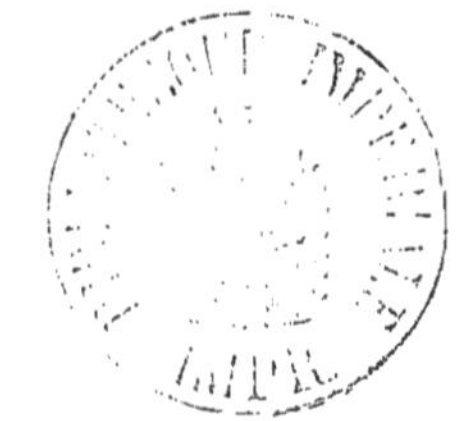

PARIS,
LETHIELLEUX, Libraire,
Rue Bonaparte, 60.

TOURNAY,
H. CASTERMAN, Libraire,
Rue aux Arts, 11.

MONTPELLIER,
Félix SÉGUIN, Libraire, rue Argenterie, 25.

1861

# A SA SAINTETÉ PIE IX,

SOUVERAIN-PONTIFE.

Noble martyr de la liberté de l'Église, vivante image de la mansuétude, permettez que je dépose à vos pieds le respectueux hommage de ma piété filiale..... Pontife de l'expiation, agréez ces modestes accents..... Père de la grande famille, Chef suprême de la Chrétienté, bénissez la pauvre France, ma patrie, où tant de cœurs généreux battent pour Vous; bénissez tous les hommes mes frères, et qu'un rayon de cette consolante bénédiction retombe sur le front attristé de votre très-humble fille en Jésus-Christ!

M<sup>me</sup> BERNARD DE B***

# AUX ATHLÈTES DE LA VÉRITÉ.

Hier, sous le masque de l'hypocrisie, on attaquait la Papauté dans sa puissance temporelle ; aujourd'hui, sous le voile d'un respect obséquieux, on lui propose la servitude, en lui imposant la plus honteuse des abnégations ; demain, ce sera contre l'Aaron du sanctuaire et contre l'Église catholique elle-même, que seront dressées les infernales machinations du mensonge et de l'usurpation.

L'Europe est inondée de brochures incendiaires, émettant les plus étranges théories sur les droits éternels du Saint-Siége, et semant partout la scission, le désordre et la mort ; le mal est à son comble ; on ose parler de schisme !.....

Courage cependant, prêtres du Christ, courage et confiance !.....Rangez-vous hardiment sous la bannière sans tache des Dupanloup, des Pie, des Parisis, des Gerbet, des Thibault, des Mathieu, des Plantier, des Lacordaire, ces Athanases du xix$^{me}$ siècle ; et vous, catholiques sincères, athlètes des vrais et immuables principes, sortez de votre torpeur, et, sous l'égide invincible des Falloux, des Villemain, des Nettement, des Laurentie, des Poujoulat, des Montalembert, des Lamoricière et des Laprade, marchez droit à la défense de la justice qui seule est en Dieu et en son Église !....

# LE CALVAIRE ET LE THABOR

## DE LA

# PAPAUTÉ.

I

C'était l'heure où ,. flottant dans les nimbes du rêve ,
    L'esprit voltige en liberté,
Pareil au feu-follet qui monte de la grève
    Vers les champs de l'immensité !
C'était l'heure où l'on voit , au milieu des nuages ,
    La lune au disque pâlissant ;
Le Silence écoutait ; dans l'île des orages
    Dormait l'Aquilon frémissant.
D'un triste jour d'hiver , sous un ciel sans étoiles ,
    Mouraient les rayons vaporeux ;
Sur la nature en deuil la nuit jetait ses voiles
    Et son linceul mystérieux.

Tout se taisait ; la mer, de Dieu héraut sublime,
    Suspendait ses mugissements,
Et la terre, oscillant sur le bord de l'abîme,
    Ressentait des tressaillements ;
De l'horizon lointain la lueur éclatante
    Jetait les mondes en émoi ;
Immobiles, muets, les peuples dans l'attente
    Se regardaient avec effroi !...

Soudain, des bruits confus et d'étranges murmures
    Viennent frapper la nuit sans nom ;
Ainsi, quand des grands bois tombent les chevelures,
    Quand la voix sourde du canon
Prolonge dans les airs ses formidables notes
    Et ses grondements redoublés,
Du vallon solitaire, en leurs riantes grottes,
    Les calmes échos sont troublés.
C'étaient des chants d'amour et des larmes humaines
    Immenses comme l'Océan ;
C'étaient des cris de mort, des clameurs et des haines
    Terribles comme l'ouragan.
Sans doute, en ce moment, à la faveur des ombres,
    Devait encore se préparer,
Ainsi qu'aux temps du Christ, un de ces drames sombres
    Que la langue ne peut narrer ;
Car les blancs séraphins, phalanges immortelles,
    Du Très-Haut cortége béni,
Fuyaient, en se couvrant la face de leurs aîles,
    Dans les plaines de l'infini !

## II

Salut ! Anges des Cieux, ô Fils de la lumière,
Qui percez d'un regard le voile du mystère,
Illuminez ma route au désert de l'exil ;
Esprits qui présidez aux destins de l'Europe,
Sur ces bords ténébreux que le crime enveloppe,
      Dites-moi, que se passe-t-il ?

## III

Hélas ! des noirs chagrins vidant la coupe amère,
Un vieillard est-debout sur un nouveau Calvaire:
Je ne sais quoi d'auguste et de surnaturel
Erre en langues de feu sur son front paternel.
De ce moderne Job, sans sceptre et sans couronne,
Imposant est le port, céleste est la personne :
Dans son regard baissé mélancoliquement,
Se peint de son grand cœur l'indicible tourment,

Et son crâne blanchi par le vent de l'outrage
Dénote les malheurs plus encore que l'âge....
L'angoisse et la douleur qui consume et flétrit ,
La vertu qui pardonne et l'amour qui guérit
De ce Priam chrétien composent l'auréole.


Lugubre était la scène : ici le Capitole
Dans les airs profilait ses séculaires tours ;
Là-bas , dans une plaine aux sinueux contours ,
Comme une reine, assise un pied dans les ruines ,
Etalait sa grandeur la Ville aux sept collines !


La montagne craquait ; sur ses flancs tortueux,
Une foule agitait ses flots tumultueux :
Des rires et des pleurs , inconcevable grêle ,
De ce volcan en feu s'exhalaient pèle-mêle.
Les flots jaunes du Tibre aux rivages des mers
Redisaient de Moab les sarcasmes amers
Et des fils d'Israël les plaintes déchirantes ;
Quand le noble vieillard , sur ces laves fumantes ,
Consolant messager d'espoir et d'avenir ,
Etendit ses deux mains ouvertes pour bénir.
Alors, pour un instant , cessèrent les blasphêmes ;
La foule , comme au jour des jugements suprêmes ,
En deux camps opposés se divisa soudain :
A gauche fut l'ivraie , à droite le bon grain...

IV


Le vrai peuple était là , le peuple catholique ,
De la droite occupant le plateau symbolique ;
Froment de Jéhovah , lys aux blanches couleurs ,
Apôtres de la foi , soldats de l'Evangile ,
Augustin , Chrysostôme , Athanase et Basile ,
      Tous étaient là , versant des pleurs ! . . .


Dans les sentiers du bien encourageant leurs frères ,
Les femmes étouffaient leurs soupirs solitaires ;
Bientôt en longs sanglots leur tristesse éclata. . .
Ainsi , quand se mourait la divine Victime ,
De leurs gémissements les vierges de Solyme
      Couvraient les flancs du Golgotha.


La nuit s'assombrissait. . . Satan battait des aîles ;
Le tonnerre gronda. . . sur le front des fidèles
Se peignit l'épouvante et courut le frisson :
Le flot sanglant montait ; sa rougeur dévorante
Se reflétait , semblable à la clarté mourante
      De l'embrasement d'un buisson.

Et les enfants du Christ, d'une voix unanime,
Disaient au saint martyr : « Pontife magnanime,
» Qui réponds à la haine en redoublant d'amour,
» Prêtre que l'Eternel nous a donné pour père,
» Courage ! et ne crains pas les enfants de Voltaire ;
       » Nous sommes les Croisés du jour !


» A toi, le rayon pur de nos faibles lumières,
» Nos trésors, notre obole et nos humbles prières !
» Nous te voulons pour Chef, ô légitime Roi
» Couronné par Dieu même, acclamé par les Anges :
» En vain, l'Enfer ligué vomira ses phalanges,
       » Nous combattrons auprès de toi !


» Tant qu'un souffle battra dans nos poitrines libres
» Et qu'un sang généreux inondera nos fibres,
» Vicaire du Très-Haut, nous soutiendrons tes droits ;
» Dût le monde glisser sur la pente fatale,
» Jamais tu ne seras pour tes fils un scandale ;
       » Pasteur, dont le sceptre est la Croix !...


» Courage !... encore un jour de poignante ironie,
» De tortures sans nom, de cruelle agonie !...
» Courage !... et que la coupe où déborde le fiel
» Ne soit pas pour ton âme un trop amer calice ;
» Tous nos cœurs sont à toi : l'heure de la justice
       » Déjà sonne au cadran du Ciel... »

V


Un long ricanement poussé par l'insolence
Couvrit des chants d'Abel les échos douloureux
Et, contre le vieillard qui priait en silence,
Se rua de Caïn l'escadron ténébreux.


En tête paraissaient ceux dont le glaive ordonne ;
Sur le fleuve du crime ils voguaient à pleins bords,
Cachant, pour ajouter un lustre à leur couronne,
Sous le masque du droit, leurs coupables efforts.


Convoitant de Naboth la vigne séculaire,
Sur l'épouse du Christ, ils osaient, les Césars,
Porter impunément une main adultère :
Tels furent Barberousse et les Didiers lombards !


Derrière les tyrans, drapés de leur cynisme,
S'avançaient les Calvins d'un peuple usurpateur :
Avortons du génie, esclaves du sophisme,
Que n'illumine plus l'étoile du penseur !...

Les autres, — Dieu puissant, où donc est ton tonnerre ? —
Sur leurs fronts obscurcis par le doute et l'orgueil ,
De la bête portaient l'infamant caractère ;
Leurs lèvres n'exhalaient que la rage et le deuil.

Il se trouvait, enfin , dans la noire phalange,
Des cerveaux égarés qu'entraînait le torrent ,
Voyageurs sans boussole et perles dans la fange
Qui n'apercevaient pas où menait le courant.


VI


« Il est temps , — s'écriaient les porte-diadêmes , —
» De façonner le monde à nos brillants systèmes ;
» Il faut un Alexandre , ô débile vieillard ,
» Pour régner aujourd'hui sur la superbe Rome :
» On ne veut plus de toi , le peuple s'est fait homme :
    » Il en est temps , place à César ! »

Les scribes de la presse , orageuse cohorte ,
Que l'égoïsme enchaîne et l'intérêt emporte ,
Aux sarcasmes des rois ajoutaient ce refrain :
 « Théocrate importun , descends aux catacombes ;
» Pour rajeunir la foi , va régner sur des tombes ;
    » Le Christ ne fut pas souverain ! »

Et puis l'on entendit la tourbe cannibale
Qui portait de Satan la livrée infernale ,
Vociférer ces cris dont frémit la cité :
« Meure le Roi-Pontife ! amis , creusons sa fosse
» Avec les vieux débris de sa royale crosse :
   » Notre droit : c'est la liberté ! »


« Assez et trop longtemps un culte fanatique
» A fait peser sur nous son pouvoir despotique !
» Achevons en ce jour l'œuvre du grand Luther :
» Périsse à tout jamais le Christ et sa doctrine !
» Qu'il périsse et qu'enfin la raison prédomine !
   « Dieu , c'est le mal , Dieu c'est l'enfer !


# VII


Trois fois des conjurés la voix blasphématrice
Répéta de concert : « Que l'Eglise périsse ! »
Ironique témoin de ces cris inhumains ,
L'hérétique Albion trois fois battit des mains.....

Pareil au craquement d'un verre mis en poudre ,
Un hurlement se fit. . . . Eclair avant la foudre !
On vit, mystère étrange ! en cette nuit d'horreurs ,
Des hommes donnant trêve à d'antiques fureurs ,

Se prêter sourdement une main criminelle,
Pour détruire et saper cette chaire éternelle
Dont les siècles anciens, aux granitiques lois,
Avaient orné les flancs de la pourpre des rois !...
Lâches démolisseurs, poussant des clameurs sombres,
Les uns aux vents du Ciel en jetaient les décombres ;
Les autres d'une croix brûlaient les vieux tronçons,
Et tous, foulant aux pieds d'illustres écussons,
Se hâtaient d'accomplir leur travail sacrilége !

Puis le calme pesa sur le hideux cortége....
Et l'on n'entendit plus que les coups du marteau
Clouant avec fracas un immense poteau,
Sur les degrés duquel, pour couronner la fête,
Devait bientôt rouler une angélique tête.....

Et les justes, voyant cet inique attentat,
A la voix d'un héros, préparaient le combat.
Ainsi, quand Lucifer, dans son orgueil extrême,
Archange audacieux, luttait contre Dieu même,
Les fidèles Esprits, à la voix de Michel,
Se rangeaient en bataille aux quatre coins du Ciel.

Sur son coursier d'Afrique inondé de poussière,
Conscrit de l'Eternel, paraît Lamoricière :
De l'arche du salut valeureux défenseur,
Dans les rangs ennemis il sème la terreur.
Il voudrait, brandissant son invincible lance,
Terrasser le dragon ; digne fils de la France,

Il voudrait des forbans dompter les escadrons
Et de Cialdini broyer les bataillons ;
Mais il faut une épreuve au nouveau Macchabée :
Déjà de ses soldats l'avant-garde est tombée ;
Pimodan s'est battu comme un autre Bayard
Et les tours de Lorette ont vu son étendard...
Les fourbes ravisseurs s'étaient comptés dans l'ombre
Et le corps franco-belge, accablé par le nombre,
Fut vaincu sous les murs de Castelfidardo...


Sur ces scènes d'horreur tirons vite un rideau !
A ces nouveaux Croisés, à tous leurs frères d'armes,
Donnons un souvenir mêlé de quelques larmes ;
Puis, armant notre bras de l'iambe vengeur,
Au front des conjurés gravons le déshonneur !...


VIII


Oui ! le crime est trop grand pour pleurer et se taire :
La fille de Sion gémit sur des tombeaux ;
La justice est un rêve et le bon droit, chimère ;
Le sceptre usurpateur étreint le sanctuaire ;
Une seule victime a cent mille bourreaux !...

Eh bien ! que le poète, en son indépendance,
Attache au pilori les Caïphes du jour !
Qu'il parle et que sa voix, comme un aigle, s'élance !
Qu'il parle et qu'il apporte aux vaincus la constance :
Leur croix sera moins dure et leur fardeau moins lourd...


# IX


Serait-il vrai, grand Dieu ! qu'un Prince redoutable,
    Foulant aux pieds droits et devoirs,
A son trône voulut, par un hymen coupable,
    Greffer le plus saint des Pouvoirs ?
Le verra-t-on, bravant le Maître du tonnerre,
    Usurper un titre divin ;
Et, nouvel Osias, épouvantant la terre,
    Sur l'encensoir porter la main ?
Hé quoi ! nous entendrions hurler, hurler sans cesse
    La voix du bouleversement !
Nous verrions l'anarchie et la scélératesse
    Saper des lois le fondement !
Nous verrions les fauteurs d'exécrables doctrines,
    En France, *où nul n'est apostat*,
Préconisant le schisme, arbre mort, sans racines,
    Enrayer le char de l'Etat !...

Et, nous, les fils aînés de l'Eglise de Rome,
      Nous, les soldats du dévoûment,
Nous entendrions ce cri barbare : « VOILA L'HOMME ! »
      Et nous nous tairions lâchement !
Non, non ! qu'un libre mot, sortant de notre bouche,
      Ranime les cœurs chancelants ;
Qu'il jette l'anathème à la horde farouche
      Des triomphateurs insolents !
Anathème à qui heurte à la nef séculaire,
      Planant sur l'aire des Césars !
Malheur à l'imprudent, malheur au téméraire
      Qui veut en franchir les remparts !
Le glaive destructeur s'est émoussé contre elle ;
      Des sceptres en pavent le seuil ;
Et tel Roi, qui croyait sa puissance éternelle,
      S'est brisé contre cet écueil !...
« Oints du Christ, c'est à vous de dissiper la honte
      » Qui nous couvre de déshonneur ;
» C'est à vous de flétrir celui qui tout affronte
      » Dans le saint temple du Seigneur ;
» C'est à vous de verser sur les fronts l'eau lustrale,
      » De tendre aux naufragés la main ;
» C'est à vous de donner la robe nuptiale
      » Aux invités du grand festin. » (*)
C'est à vous de montrer çe que peut l'héroïsme,
      Quand il a la foi pour drapeau ;
A vous de protester et d'étouffer le schisme,
      Dans les langes de son berceau !....

(*) Tiré du Curé d'Ars, poème lyrique du même auteur: Lyon 1860.

Que nos armes à nous , chrétiens , soient la prière ,
        Ange gardien du repentir ,
Et que notre oraison soit un jet de lumière
        Dans les ombres de l'avenir ! . . .


Mais si l'hydre jamais osait lever la tête ,
        Les méchants auront du travail ;
Qui de nous , en effet , en ces nuits de tempête ,
        Voudrait quitter le vrai bercail ?
Hélas ! les jours mauvais ne commencent qu'à peine ,
        Et le doute envahit l'autel :
L'Antechrist , agitant ses brandons dans la plaine ,
        Va livrer son dernier duel :
L'intrépide héros de Cirtha l'imprenable
        A ployé son drapeau sauveur . . .
La parole divine est-elle un grain de sable ?
        Et l'Enfer sera-t-il vainqueur ? . . .



X



Non , non ! de Jéhovah , sur la terre qui sombre ,
Par delà l'horizon a plané la grande ombre !
Le sol tremble , frémit et l'espace est en feu ;
L'homme a fait son devoir : voici le tour de Dieu . . .

Il devrait, pour punir ce déluge de crimes,
Bouleverser le globe et rouvrir les abîmes ;
Mais, fléchi par les pleurs du nouveau Samuel,
Il daigne pardonner au monde criminel.
Pour arrêter du mal la lave incendiaire,
Il devrait déverser les flots de sa colère ;
Mais un souffle suffit ; tous ces vils Balthazars
Dans la fuite ont caché leurs hideux étendards :
La nuit a vu passer ces Pharaons modernes
Et Judith a d'un coup vaincu les Holophernes.
O surprise ! l'Erreur, mégère aux bras sanglants,
Dans son barbare amour, dévore ses enfants !
Le Christ se rappelant ses antiques promesses,
Retient du haut des cieux ses foudres vengeresses.
L'Epouse de son choix, sans crainte désormais,
Reparaît dans Sion plus forte que jamais :
Du firmament renaît la teinte rassurante ;
On voit des chérubins la troupe éblouissante
Escorter le Vieillard qui montait au Thabor...
Puis, en face du monde, avec sa harpe d'or,
Rayonnant de bonheur, l'Ange de l'espérance,
Célébra, — de la vague imitant la cadence
Et le ton solennel de l'orgue du saint lieu, —
Le triomphe éclatant de l'Eglise de Dieu !

## XI

« Comme on voit, à la fin d'automne,
» Les feuilles sèches des forêts
» Que le vent du nord découronne,
» Disparaître au fond des marais ;
» Ainsi, devant le bras qui punit l'injustice,
» S'est enfuie, en tremblant, l'infernale milice
   » Des nouveaux enfants de Babel ;
   » Ainsi, sans imprimer de trace,
   » Ont disparu, brouillard qui passe,
   » Les ennemis de l'Eternel.


   » Ils s'étaient dit : — De l'Évangile
   » Le jour suprême est arrivé ;
   » D'abattre un fétiche imbécile,
   » A nous l'honneur est réservé.
» D'un culte dégradant voici les funérailles :
» Allons, peuple, à ton tour d'user de représailles
   » Et d'insulter à ce convoi ! —
   » Vaine audace ! la main divine
   » Vient de planer sur la colline
   » Et tous ont reculé d'effroi !

   » Lorsque Luther , moine farouche ,
   » Du crime arborant le drapeau ,
   » De sa mère souilla la couche
   » Et mit la mort dans le troupeau ;
» Quand Voltaire criait :  « Amis , sus à l'infâme ! »
» Et qu'un Pape en exil exhalait sa belle âme ,
     » On disait :  « C'est le dernier coup ! »
     » Où sont aujourd'hui Robespierre ,
     » Luther , Henri-Huit et Voltaire ? . . .
     » L'Eglise est encore debout !


     » Une nuit , le géant d'Arcole ,
     » D'une éminence contemplait
     » Le Vatican, le Capitole ,
     » Au front desquels le Temps dormait.
» Alors se rappelant Babylone la fière ,
» Tyr , Carthage , Memphis , cadavres en poussière ,
     » Sur qui pèse un linceul maudit :
     » — O Temps , demanda le grand homme ,
     » En sera-t-il ainsi de Rome ? —
     » L'Eternité lui répondit. . . .


     » Dix ans après , dans le martyre ,
     » Napoléon mourait vaincu :
     » Que resta-t-il de son Empire ?
     » L'Eglise seule a survécu
» Des serres du vautour sortant plus imposante...
» Suis donc , ô genre humain , l'étoile bienfaisante

» Qui, dès les jours de ton berceau,
» Dans sa tendre sollicitude,
» A, malgré ton ingratitude,
» Sur toi projeté son flambeau !


» Jadis ne sont-ce pas les Papes
» Qui, par leur mâle fermeté,
» Ont tracé les saintes étapes
» De la sublime Liberté?
» Phares étincelants du monde catholique,
» N'ont-ils pas vers les bords du pôle évangélique,
» Du progrès dirigé le char?
» N'ont-ils pas, pour l'indépendance,
» De leur sceptre fait une lance
» Et de leur corps fait un rempart?


» Oui, sans le Christ et son Vicaire,
» O tribuns de l'humanité,
» Auraient déjà fui de la terre,
» L'Amour et la Fraternité...
» Pourquoi donc dégaîner vos glaives homicides?
» Pourquoi ces cris de rage et ces fureurs perfides
» Contre un séraphique vieillard
» Qui n'oppose à la calomnie
» Que le son d'une voix bénie
» Et la tendresse du regard?...

» Ne sentez-vous donc rien qui vibre
» En contemplant l'Oint du Seigneur ?
» Votre cœur n'a-t-il plus de fibre
» Qui batte encore pour le malheur ?
» Ingrats, que rien n'arrête et que rien ne désarme,
» Avez-vous donc pu voir, sans verser une larme,
» Cet ange épuiser lentement
» De l'affront les âpres écumes,
» Le calice des amertumes
» Et le ciboire du tourment ?...


» Honte à vous, soldats du blasphême
» Qui bravez le divin courroux :
» Marqués du sceau de l'anathème,
» Fils du mensonge, honte à vous !
» Et toi, brebis sans tache, innocente victime,
» Sois béni ! des élus la gloire légitime
» Désormais luira sur ton front :
» Pontife de sainte mémoire,
» Ton nom embaumera l'histoire
» Et les peuples te chériront.


» Nuit et jour, astre tutélaire,
» Tes yeux n'ont versé que des pleurs ;
» Ta vie est un rude Calvaire,
» Un tissu d'immenses douleurs :
» Ton corps est labouré de profondes blessures ;
» Sur ta tête a roulé le torrent des injures ;

» Jouet d'indignes rénégats ,

» Comme au Fils de l'homme , ton maître ,

» Durant dix ans , monarque ou prêtre ,

» On t'a lancé mille crachats !


» Mais aujourd'hui reçois la palme

» Que pose à tes pieds l'univers ;

» Le temps est beau , la mer est calme ,

» Satan vaincu ronge ses fers :

» Aux affres de la mort succède la lumière !

» Lance donc hardiment la nacelle de Pierre

» Sur l'Océan de l'avenir !

» Contre ses immortelles rames

» Laisse le flot briser ses lames ;

» Le flot ne peut que les polir... »

## XII

Ainsi parla de Dieu l'Archange magnanime
Et déjà le soleil, cet éclaireur sublime ;
Avait, au vif éclat de son disque vainqueur,
Ramené d'un beau jour la superbe splendeur
Et chassé de la nuit les lugubres vestiges :
La nature étalait ses merveilleux prestiges ;
Sous un Ciel aussi pur que le plus pur cristal
Voltigeaient les senteurs d'un zéphir matinal ;
Un doigt mystérieux, des airs magique phare,
Avait subitement ressuscité Lazare ;
Partout coulait la vie, invisible nectar ;
Et, comme réveillés d'un pesant cauchemar
Qui laisse dans l'esprit une pénible empreinte,
Les peuples, repoussant le spectre de la crainte,
Disaient, au souvenir de ce drame innommé :
« Le volcan de la veille est-il vraiment fermé ? »


Alors, à la faveur d'un éloquent silence,
Dans la Ville éternelle, en une place immense,
Devant le monde entier pâle d'étonnement,
Fut dressé tout-à-coup et par enchantement

Un trône environné d'une majesté sainte,
Fulminant Sinaï de cette auguste enceinte
Où reposent encor les Tables de la loi.
Sa base était ancrée au rocher de la foi ;
On lisait sur ses flancs trois mystiques paroles ;
Le Temps le soutenait de ses mâles épaules ;
L'Innocence, la Paix, ces Agars de l'Eden,
De ce trône imposant occupaient le gradin.
Son dôme qu'ombrageaient les aîles d'un Archange
Surpassait en éclat les merveilles du Gange ;
La Tiare papale et le sceptre des rois
En couronnaient le faîte orné d'une humble Croix.


La houlette à la main, et non le cimeterre,
Sur ce trône siégeait le successeur de Pierre ;
Son corps transfiguré respirait la candeur :
A sa droite pendait, talisman bienfaiteur,
Cette clé, de l'Apôtre immortelle dépouille,
Où ne mordront jamais ni le temps ni la rouille,
Et qui survivra même aux globes expirants,
Cette clé de l'Eglise, embarras des tyrans !...


Le Pontife sortit d'une extase profonde,
Et, bénissant la ville, il bénissait le monde.
Comme on voit des moissons les épis jaunissants
Se courber sous la brise aux souffles caressants ;
Tel on vit l'univers, en ce moment suprême,
Sous cette auguste main s'incliner de lui-même !

La Discorde, éteignant son sinistre brandon ,
S'envola de la terre et fit place au Pardon.
Les eaux , les monts, les cieux , tout s'emplit d'harmonies;
La Foi , la Liberté, jusque-là désunies ,
Se donnèrent alors un baiser solennel ;
Le prodigue revint au foyer paternel.
Tandis que l'Arche sainte , à l'abri des orages ,
Se remit à voguer sur le fleuve des âges...
Et le peuple chanta , dans un sublime élan :
« Majestueux vaisseau , dont le robuste flanc,
» Entouré de martyrs , de vierges, *noble foule !*
» Des siècles a bravé les fureurs et la houle ,
» De ton mât désormais nous suivrons les couleurs.
» Ton pilote est le Christ, nous serons tes rameurs :
» Voile au vent ! porte-nous aux célestes rivages ;
» L'Espoir , Cygne immortel , plane sur tes cordages
» Et l'Astre qui te guide , ARCHE DES NATIONS ,
» Du Vatican toujours projette ses rayons !... »


Doux échos d'allégresse , hymnes immaculées ,
Harmoniques parfums des terrestres vallées ,
Le tout se mariait à ce chant radieux :
« GLOIRE A L'ANCIEN DES JOURS DANS LES HAUTEURS DES CIEUX ! »


FIN.